Tercera edición: septiembre 2006

Título original: "Karel in her ziekenhuis"
Publicado por primera vez en Bélgica por Clavis, Amsterdam-Hasselt, 1999
Traducción: P. Rozarena
© Editorial Clavis, Amsterdam-Hasselt, 1999
© De esta edición: Editorial Luis Vives, 2002
Carretera de Madrid, km 315,700 50012 Zaragoza
ISBN: 84-263-4623-5

NACHO
EN EL HOSPITAL

Liesbet Slegers

EDELVIVES

YO SOY NACHO.
ESTOY DANDO
UN PASEO
CON MI OSITO.

¡QUÉ TONTO!
NO VEO LA PIEDRA
Y TROPIEZO.
¡AY!

ME CAIGO
DE CABEZA.
¡AY, AY, AY...!
¡CÓMO ME DUELE!

LA AMBULANCIA
ME RECOGE.
LA SIRENA
ME ASUSTA
UN POCO.

ME LLEVAN
AL HOSPITAL.
ES UN EDIFICIO
MUY GRANDE.

ME DUELE MUCHO
LA CABEZA.
ESTOY TRISTE.
PAPÁ Y MAMÁ
ESTÁN CONMIGO.

MARTA VIENE
A VERME.
MARTA ES
MI AMIGA.

MARTA ME TRAE
UN REGALO.
¿QUÉ SERÁ?
ABRO LA CAJA.
¡UN COCHE AZUL!

ME LLEGA UNA
CARTA CON DIBUJOS
DE LA ABUELA.
DICE QUE ME PONGA
PRONTO BUENO.

HAY OTROS NIÑOS
EN EL HOSPITAL.
Y PODEMOS JUGAR
TODOS JUNTOS.

VIENE A VERME
UN DOCTOR.
ME DICE:
—NACHO, YA PUEDES
IRTE A CASA.

¡ADIÓS, HOSPITAL!
¡ADIÓS, AMIGUITOS!
—MAMÁ, ¿SABES?
AQUÍ NO LO HE
PASADO TAN MAL.